Bienvenidas
al mundo del

CLUB DE TEA

¡Hola!, soy Tea Stilton, la hermana de Geronimo Stilton. Soy enviada especial de El Eco del Roedor, el periódico más famoso de la Isla de los Ratones. Me encantan los viajes y me gusta conocer a personas de todo el mundo, como las chicas del Club de Tea. Son cinco amigas muy especiales. Os las presento...

Colette siente verdadera pasión por el color rosa y es la chica más *fashion* del grupo. Cuida mucho de su look y... ¡siempre llega tarde!

Violet es muy estudiosa y le gusta aprender cosas nuevas. Le encanta la música clásica y sueña con ser una violinista famosa.

Pamela comería pizza hasta para desayunar. Se le da muy bien la mecánica: ¡dadle un destornillador y reparará cualquier motor!

PAULINA es más bien tímida y se mete en algún que otro lío, pero es muy altruista. Le gusta viajar y conoce a gente de todo el mundo.

Nicky es australiana. Sus pasiones son la ecología y la naturaleza. Le encanta estar al aire libre y nunca está quieta.

Tea Stilton

UNA BODA DE ENSUEÑO

DESTINO

Textos de Tea Stilton
Inspirado en una idea original de Elisabetta Dami
Cubierta de Giuseppe Facciotto
Ilustración del texto de Valeria Brambilla *(diseño) y* Francesco Castelli *(color)*
Diseño gráfico de Chiara Cebraro
Mapa: Archivo Piemme

Título original: *Un matrimonio da sogno*
© de la traducción: Helena Aguilà, 2016

Destino Infantil & Juvenil
infoinfantilyjuvenil@planeta.es
www.planetadelibrosinfantilyjuvenil.com
www.planetadelibros.com
Editado por Editorial Planeta, S. A.

Primera edición: junio de 2016
ISBN: 978-84-08-15724-3
Depósito legal: B.6.215-2016
Impreso en España - Printed in Spain

El papel utilizado para la impresión de este libro es cien por cien libre de cloro y está calificado como **papel ecológico**.

Una idea... llovida del cielo

Era más de medianoche y los pasillos y habitaciones de la Universidad de Ratford estaban sumidos en un profundo SILENCIO.

Tras un día lleno de clases, cursos y talleres, todos los alumnos y profesores disfrutaban de un merecido DESCANSO. Todos o... casi todos.

Una luz débil se filtraba por debajo de una puerta situada al final del pasillo del primer piso. Era la HABITACIÓN del profesor de interpretación, Robert Show.

Sentado ante su escritorio, el profesor hojeaba los grandes volúmenes de la *Enciclopedia del cine,* en busca de un tema

INTERESANTE para el curso de aquel semestre.

—Podríamos estudiar... ¡LOS HÉROES DEL CINE! —exclamó de pronto—. A ver, dónde he dejado la enciclopedia de las mejores PELÍCULAS de todos los tiempos... Ah, sí, ahí está, en el último estante...

Para coger el libro, el profesor subió, sin pensarlo dos veces, a una INESTABLE pila de cuadernos y revistas.

—Ya casi lo tengo... —murmuró, alargando el brazo hacia el estante de arriba.

Mientras intentaba COGER el libro, no se dio cuenta de que la revista en la que apoyaba los PIES se deslizaba fuera de la pila, haciendo caer un cuaderno, que movió una agenda, que hizo caer un diccionario y...

¡¡¡AAAAAAAAAAAAH!!!

¡SOCORROOOOOOOOO!

El profesor Show agitó rápidamente los brazos en el aire un par de segundos, antes de CAER al suelo junto a un montón de libros, cuadernos y tomos de enciclopedia.

Cuando trató de levantarse, un último volumen le cayó en la cabeza y le hizo un buen chichón. Pero, a pesar de todo, el profesor leyó el título del tomo, y luego se le iluminó el semblante.

«Sueños y anhelos. Los secretos de las comedias románticas».

—¡Viva, lo he encontrado! —exclamó—. Ya sé cuál va a ser el TEMA de mis próximas clases.

El profesor empezó a hojear las páginas del libro, **SUBRAYÓ** algunos pasajes y llenó un bloc entero de apuntes.

Al cabo de unas horas, lo venció el cansancio y se quedó DORMIDO.

A la mañana siguiente, cuando abrió los ojos, lo primero que VIO fue una hoja de apuntes que se le había quedado pegada en la frente al dormirse con la cabeza apoyada en el escritorio. La segunda fue el RELOJ, que le recordaba que llegaba tarde a la primera clase de su asignatura.

Películas para todos los gustos

Palomitas recién hechas, un refresco bien frío y un grupo de **amigos**. Los alumnos del curso de interpretación lo tenían clarísimo: éstos eran los ingredientes ideales para disfrutar de un buen **FILM**. Pero cuando el profesor Show les preguntó cuáles eran las películas más apasionantes, las opiniones fueron muy variadas.

—A mí me encanta el **GÉNERO NEGRO** —afirmó Paulina—, porque hasta la última escena no sabes qué puede pasar.

—En las **PELÍCULAS DE TERROR** tampoco se sabe qué va a ocurrir —comentó Violet— y por eso dan escalofríos.

—En efecto, las mejores películas son las que tienen un final imprevisible —confirmó Nicky.

—No siempre —intervino Colette—. En las películas de amor se adivina enseguida el final feliz, pero aun así son maravillosas.

—¿Y por qué crees que lo son? —preguntó el profesor Show.

—Porque son emocionantes, y te hacen sonreír.

—¡Bah! —exclamó Craig, despectivo—. Las películas de amor sólo les gustan a las chicas, que prefieren las historias románticas y cursis. A mí me encantan las **PELÍCULAS DE ACCIÓN**.

—Es verdad —dijo Vik—, a mí tampoco me van las cursiladas. Lo que me gusta es la ciencia ficción.

GÉNEROS CINEMATOGRÁFICOS
· CIENCIA FICCIÓN
· TERROR
· COMEDIA
· NEGRO
· ACCIÓN
¿Y LAS PELÍCULAS DE AMOR?
¡SÍ!
¡A MÍ ME GUST
LA ACCIÓN!

Pam exclamó picada:

—¡No es una cosa de chicas! ¡Yo también prefiero las películas de acción! —luego añadió—: Profesor, ¿por qué cree usted que las **COMEDIAS ROMÁNTICAS** tienen tanto éxito?

Robert Show guardó silencio unos INSTANTES, y luego respondió:

—Me parece que esta pregunta, igual que muchas otras, no deberías hacérmela a mí, sino a los **MAYORES EXPERTOS** en películas de amor…

—¿A quiénes se refiere? —preguntó Tanja.

El profesor SONRIÓ complacido:

—Me refiero a *Megan Love* y MATT HEART.

—¡¿Megan Love y Matt Heart?! —exclamó Colette, sorprendida—. Pero ¡si son dos actores famosísimos! ¿Cómo vamos a pedirles su opinión? ¿Cree que contestarían a un CORREO ELECTRÓNICO nuestro?

El profesor Show sonrió divertido:

—Estoy seguro de que contestarían, pero… yo pensaba invitarlos aquí, a Ratford, para que dieran una clase sobre las películas de amor que han rodado juntos. Por si no lo sabíais, fueron alumnos de esta universidad.

¡Un acontecimiento superratónico!

Al terminar la CLASE, el profesor Show, acompañado de un grupo de alumnos muy emocionados, fue a ver al rector De Ratis para pedirle que invitara a los dos CÉLEBRES ACTORES a Ratford.

Antes de convertirse en estrellas de cine, Megan Love y Matt Heart eran simplemente *Megan* y MATT, dos jóvenes que se habían conocido y **enamorado** en la universidad.

Entonces, el rector, entusiasmado con la idea de volver

a ver a sus exalumnos, los llamó enseguida por TELÉFONO:

—Sí, sí, espero...

No era nada fácil contactar con las dos jóvenes ESTRELLAS. El profesor Show y sus alumnos aguardaban, conteniendo el ALIENTO.

—Está bien, muchísimas gracias. Que tenga un buen día —concluyó De Ratis, tras veinte minutos INTERMINABLES.

El rector colgó, miró al pequeño grupo que LLE-NABA su despacho y anunció muy serio:

—Al parecer, justo en este momento, Megan y Matt están ocupados con el rodaje de una PELÍ-CULA...

—¡Oh, no! —se le escapó a Paulina, mientras un murmullo de decepción inundaba la estancia.

—No he terminado —dijo el rector—. Ahora están ocupados, pero... dentro de dos días habrán terminado y estarán felices de venir a Ratford.

—¡Yuuuuuuuupi! —exclamaron los alumnos al unísono.

—¡Será un acontecimiento superratónico! —comentó encantada Colette, que adoraba a las dos estrellas.

Al cabo de media hora, toda la universidad sabía que los dos CÉLEBRES exalumnos volverían a Ratford para dar una clase sobre cine.

¡ME ENCANTA ESTA ESCENA!
BIENVENIDOS
MATTY Y MEGAN
Yo y Tú
Encontrémonos en PARÍS

Mientras esperaban, Colette improvisó un pequeño cine en la habitación para **VER**, uno tras otro, los grandes éxitos de ambos actores.

Y por fin llegó el gran día.

Las chicas del Club de Tea llegaron con antelación al aula magna, para conseguir asientos en primera fila, donde aguardaron con el *corazón* acelerado…

Luego, finalmente, las puertas se abrieron...

Los secretos de Megan y Matt

Cuando ***Megan*** y MATT entraron, en la sala estalló un caluroso aplauso.

—*¡Gracias! ¡Gracias!* —dijo Megan, mientras tomaba asiento, seguida por Matt.

Bastaron unas pocas PALABRAS para que los alumnos comprendieran que la actriz era exactamente como los personajes que interpretaba: AMABLE, SONRIENTE y SOCIABLE.
Pero no se podía decir lo mismo de Matt.
En la gran pantalla, interpretaba el papel de un joven MUY SEGURO DE SÍ MISMO y también un poco arrogante. En cambio, en la vida real era TÍMIDO y TORPE.

Tuvieron que insistir un poco, hasta que se atrevió a hablar. Y cuando al fin se relajó, resultó ser **simpatiquísimo**.

—Cuando empecé a actuar —explicó—, quería interpretar el papel de chico duro en una **PELÍCULA DE ACCIÓN**...

—Quizá porque en la vida real no matarías ni a una **mosca** —intervino Megan, guiñando un ojo.

—Es verdad —reconoció Matt, sonriendo—. De hecho, cuando tenía que DESAFIAR a uno de los malos o perseguir a un delincuente, yo daba tanto miedo como… ¡un conejito!

El público se echó a reír y Matt continuó:

—Un día, por casualidad, me dieron un pequeño papel en una COMEDIA ROMÁNTICA. Me sentí muy a gusto y comprendí que había ENCONTRADO mi camino.

—Y así fue como volvimos a encontrarnos —explicó Megan—, tras pasar varios años alejados. Y desde entonces no nos hemos separado.

Todos aplaudieron, conmovidos, mientras Matt se ponía rojo como un tomate.

Luego, Megan empezó a hablar de su vida como ESTRELLA:

—Mucha gente nos ve como ídolos, porque somos famosos, pero somos personas normales, con nuestros defectos y cualidades, como todo el mundo. Por ejemplo, en la vida cotidiana, Matt es muy, pero que MUY TÍMIDO.

—Y Megan, en realidad, no es la muchacha tranquila que suele interpretar, sino… un auténtico torbellino.

—¡¿CÓMO?! —exclamó Megan, fingiendo que se enfadaba—. Bueno, la verdad es que tengo mi carácter… —admitió entre risas. Y añadió—: La vida de una persona famosa no siempre es fácil, pero nosotros VALORAMOS las cosas sencillas. Y cuando estamos rodando una película, nos implicamos al máximo.

Después de CONTESTAR a las preguntas de los chicos, los dos actores anunciaron que se QUEDARÍAN unos días en Ratford, para recordar los viejos tiempos en que ellos también eran simples alumnos llenos de sueños.

Antes de terminar la clase, Megan y Matt les mostraron unas ESCENAS de la película que acababan de rodar.

—¿Habéis visto la cara de Craig? —les preguntó Pam a sus amigas, SEÑALANDO al chico. Después de la proyección, Craig se había quedado inmóvil, con la mirada soñadora y conmovida—. ¡¿No ha dicho que las películas de amor sólo eran para chicas?!

Como en una película...

Para Megan y Matt, volver a Ratford significaba regresar a un lugar muy querido, en el que se habían conocido.

Una vez finalizada la clase, fueron a dar un paseo por el JARDÍN de la universidad, acompañados de varios alumnos. Querían redescubrir los lugares que más les gustaban cuando estudiaban allí.

—Oh, Matt, ¿te acuerdas? —dijo Megan, al llegar junto a un BANCO del jardín.

Matt asintió, ruborizado.

—Chicos, Matt y yo nos conocimos aquí —explicó la joven actriz—. Mejor dicho, yo estaba estudiando justo aquí, cuando Matt tropezó y literalmente... ¡me arrolló!

—Qué escena tan romántica —comentó Paulina.

—Bueno... la verdad es que... yo me torcí el tobillo —intervino Matt, riendo—, y Meg se enfadó porque le tiré al suelo los APUNTES.

—Igual que en vuestras películas —comentó Colette—. Al principio, los dos protagonistas no se soportan, pero luego… poco a poco descubren que se aman…

— … y deciden casarse —terminó Nicky.

Al oír esas palabras, Matt se puso muy serio de repente.

—Ven, Nicky, quiero ENSEÑARTE un árbol —dijo Megan, cogiéndola del brazo—. En las tardes de VERANO, Matt y yo estudiábamos bajo su sombra.

Colette aprovechó la ausencia de Megan para acercarse a Matt:

—Te pido perdón, puede que antes hayamos dicho algo que no DEBÍAMOS…

—No, tranquila —contestó el muchacho, sonriendo de nuevo—. ES SÓLO QUE...

Al ver que titubeaba, entonces Colette se acercó a él y comentó:

—Matt, nosotras siempre te habíamos visto como una gran ESTRELLA, pero ahora que te conocemos es como si fuéramos amigos de toda la vida... y los amigos se tienen confianza...

—Tienes razón —le SONRIÓ Matt—, seguro que me viene bien hablar con vosotras. Veréis, me gustaría mucho que las cosas fueran como en las PELÍCULAS, y que Meg y yo nos casáramos.

Al oír esas palabras, la mente de Colette se llenó de imágenes: un elegante vestido blanco, flores aromáticas, un pastel de nata de cinco pisos, melodías *románticas*... Y sin poder evitarlo, preguntó:

—Pues, ¿por qué no os casáis?

—Eso —dijo Pam, emocionada—, se os ve tan enamorados...

—Porque **no soy capaz** de pedírselo a Meg —confesó Matt—. Cada vez que lo intento, acabo estropeándolo ***TODO***.

Colette reflexionó unos instantes:

—Lo que necesitas para hacerle tu proposición es crear una situación *muy romántica*.

—Sí, pero no sé ni por dónde empezar —reconoció el joven.

Tras intercambiar una **MIRADA** de complicidad con sus amigas, Colette exclamó, sonriendo:

—¡Nosotras te ayudaremos!

Una proposición en la arena

Al día siguiente, Matt se despertó muy temprano, con las primeras luces del **ALBA** y, junto con las chicas del Club de Tea, se dirigió a la Playa de las Tortugas.

—¡Vamos, chicos! —dijo Nicky, tendiéndoles unos **PALOS** a Colette, Paulina, Violet, Pam y Matt—. Démonos prisa.

Todos se pusieron manos a la obra y, poco a poco, la proposición de matrimonio de Matt apareció en la **ARENA**, todavía húmeda por el aire fresco de la mañana.

—¡Cuando vea lo que has hecho por ella, se quedará sin **palabras**! —exclamó Colette.

¡ASÍ SORPRENDERÁS A MEGAN!
¿QUIERES CASARTE CONMIGO?

¡YA ESTÁ!
¡ES TAN ROMÁNTICO!

—Espero que no… ¡tiene que decir que sí! —bromeó Pam, y sus amigos **ESTALLARON** en carcajadas.

Colette miró satisfecha el **CORAZÓN** dibujado en la arena:

—Creo que ya hemos terminado. Ahora le toca a Matt.

Aquella tarde, siguiendo el **PLAN** ideado por las chicas del Club de Tea, Matt invitó a Megan a subir hasta el Pico del Halcón.

Desde allí arriba, la chica **VERÍA** una panorámica de la Playa de las Tortugas y, además, leería la proposición de Matt.

Cuando casi habían **LLEGADO** a la cima, Matt vio una flor que crecía en una pequeña grieta entre dos rocas y pensó que si se la regalaba a Megan, el momento todavía sería más *romántico*. Se acercó a la flor, pero tropezó con un **MONTÓN** de ramas, chocó contra un árbol y tuvo que **AGARRARSE** a una rama para no caer. Por fin logró coger la flor y se volvió hacia Megan diciendo:

—Toma, esto es par…

—**¡¡¡CORRE, MATT!!!** —chilló ella por toda respuesta.

Al agarrarse a la rama, Matt había hecho caer una colmena y ahora un enjambre de abejas furiosas se dirigía hacia ambos.

Cuando Megan y MATT volvieron a la universidad, las chicas los estaban esperando.

—Dinos, Megan, ¿qué tal la excursión? —preguntó Nicky, guiñándole un ojo a Matt.

—¡Un desastre! —respondió la chica—. Ha estado a punto de atacarnos un enjambre de abejas FURIOSAS.

—Ejem… —carraspeó Matt, mirando avergonzado a las chicas del Club de Tea—. He armado un buen jaleo…

Y ese jaleo no fue el único.

En los días sucesivos, las chicas del Club de Tea y Matt organizaron otras situaciones románticas, pero el joven no consiguió hacerle la proposición a Megan.

—Os agradezco muchísimo todo lo que habéis hecho por mí —les dijo al fin Matt a las **cinco amigas**—, pero es inútil. En barca, en el restaurante… siempre acabo **ESTROPEÁNDOLO** todo. Después, el chico se alejó con aire DESCONSOLADO.

—No podemos dejar que Matt se rinda —dijo Pam.

DIMOS UN ROMÁNTICO PASEO EN BARCA… Y ACABAMOS EN EL AGUA.

TENÍA PENSADO DARLE UNA CARTA DE AMOR, PERO LA QUEMÉ SIN QUERER.

—Tienes razón —asintió Paulina—. Pero lo hemos INTENTADO todo… ¿qué más podemos inventarnos a estas alturas?

Las cinco amigas estaban tan inmersas en sus pensamientos que no VIERON llegar a Megan:

—Chicas, ¿habéis visto a Matt?

—Estaba aquí hace un minuto —respondió Violet—, pero no sabemos adónde ha ido.

—Últimamente está raro —dijo Megan—, no sé qué le pasa; parece que intente evitarme.

Al oír las palabras de Megan, Colette pensó que aún podían hacer un último intento:

—Puede que esté un poco nervioso, porque tiene algo importante que decirte.

Megan miró a Colette con preocupación:

—¿Algo importante? No comprendo…

—Sí, resulta que cada vez que intenta decírtelo, alguna cosa sale MAL —continuó Paulina.

—Exacto —intervino Nicky, acercándose— y se trata de una cosa importante, **importantísima**, algo como una...

— ... ¡proposición! —concluyó Pam.

—¡¿Una proposición?! —exclamó Megan, esbozando una SONRISA radiante—. ¿Os referís a una proposición de matrimonio? Si es así, tal vez pueda echarle una mano... pero necesito vuestra ayuda.

¿Quieres casarte conmigo?

—¿Un pícnic en vuestro banco de la universidad? —preguntó Violet con curiosidad.

—Sí —contestó Megan—. Esta vez sin distracciones, así Matt podrá pedirme tranquilamente que me *case* con él.

—¡Será *muy romántico*! —se entusiasmó Colette—. Vamos a prepararlo todo, hasta el más mínimo detalle.

Las chicas se pusieron **ENSEGUIDA** manos a la obra. Mientras Colette, Violet y Megan preparaban el chocolate y los pastelitos para el pícnic, Paulina, Nicky y Pam fueron a buscar a Matt y, con la excusa de pedirle unas sugerencias para el **CURSO DE INTERPRETACIÓN**, lo convencieron para que, al cabo de unas horas, se reuniese con ellas en el lugar donde Megan y él se habían conocido años atrás.

Una vez prepararon el BANCO, Megan se sentó a esperar la llegada de Matt, mientras las chicas del Club de Tea se alejaban.

—Chicas —les susurró Colette a sus amigas—, esto parece el plató de una PELÍCULA.

—Sí, una película con final feliz —puntualizó Nicky—. Seguro que esta vez todo saldrá bien.

Y así fue. Matt llegó **PUNTUAL** a la cita y, después de un pastelito y un sorbo de chocolate, le **susurró** a Megan la frase que tantas veces había sido incapaz de pronunciar.

Las chicas del Club de Tea no estaban lo bastante **CERCA** como para oír las palabras de Matt, pero les llegó perfectamente el **«SÍ»** de Megan, que resonó alto y claro por todo el jardín.

Cuando corrieron entusiasmadas hacia la pareja para **celebrarlo**, Pam vio que Matt buscaba algo en su bolsillo.

—¿Qué está buscando? —les preguntó la chica a sus amigas.

No hizo falta que le contestaran, porque justo en aquel momento Matt sacó una **CAJITA** y todo quedó muy claro.

Meg, ¿quieres casarte conmigo?
¡Oh, sí!
¡Por fin!

—¡Es el anillo de prometida! —exclamó Paulina con el corazón desbocado.

Y así, mientras Colette no podía evitar una LÁGRIMA de emoción, Matt sacó el precioso anillo de la cajita y se lo puso en el dedo de Megan.

Una boda de ensueño

—Seguro que vosotras tenéis algo que ver con lo que acaba de pasar, ¿verdad? —preguntó MATT cuando las chicas del Club de Tea se unieron a *Megan* y a él para celebrar la futura BODA.

—Bueno… digamos que hemos hecho nuestra pequeña contribución —minimizó Paulina.

Colette, que hasta entonces había permanecido en silencio, fantaseando sobre la CEREMONIA que pensaban organizar Megan y Matt, pensó que había llegado el momento de hacer las mil preguntas que tenía en la cabeza:

—Megan, ¿ya sabes cómo será tu VESTIDO? ¿Con falda de vuelo? ¿Llevará cola? ¿Habéis pensado en la tarta? Yo creo que por lo menos debe tener cinco pisos. ¿Cómo será la ceremonia? ¿Íntima o a lo grande? ¿Y el RAMO? Se pueden hacer composiciones maravillosas con girasoles o tulipanes, aunque las rosas son más elegantes…

Megan y Matt se quedaron mirando a Colette, primero con OJOS sorprendidos, luego perple-

jos y al final... ¡aterrorizados! Pam se dio cuenta e intervino:

—¡Eh, Cocó! Seguramente Megan y Matt aún no lo han DECIDIDO todo.

—No creía que hubiera tantas cosas en que pensar para ORGANIZAR una boda —comentó Megan.

—Tengo una idea —propuso Colette—. Cierra los ojos, imagina tu boda y dime qué ves.

Megan siguió su consejo y cerró los ojos unos instantes. Al abrirlos, su respuesta los dejó a todos boquiabiertos.

—¡Ratford! —exclamó la chica—. Me gustaría que nuestra boda se celebrara aquí, donde Matt y yo nos CONOCIMOS.

—¡Es una idea magnífica! —dijo Pam entusiasmada—. Aquí quedará todo precioso.

—Sí, pero no es más que un SUEÑO —suspiró Megan.

Las chicas del Club de Tea intercambiaron una mirada cómplice, y luego Violet comentó:

—Puede que sea un sueño, pero… ¿quién dice que no podamos intentar **CONVERTIRLO** en realidad?

Sin añadir nada más, las cinco amigas corrieron al despacho del *rector*.

En cuanto las vio entrar, Octavio Enciclopédico de Ratis dijo:

—Mmm… me da la sensación de que vosotras **cinco** tenéis algo en mente…

—¡Así es! —respondió Nicky sonriendo.

Las chicas le contaron al rector los intentos **FALLIDOS** de Matt, de cómo Megan había decidido tomar las riendas de la situación y de su sueño: *casarse* en Ratford.

El rector, conmovido por aquella historia de amor, no tuvo más remedio que responder:

—Pues claro que sí. Estaré encantado de celebrar aquí la *boda* de los dos exalumnos.

—¿Sabéis una cosa? —dijo Pam, cuando ella y las demás chicas ya habían salido del despacho del rector—. Yo diría que De Ratis se ha conmovido al oírnos hablar de la boda... En el fondo, nuestro rector es un romántico.

Todo el mundo a trabajar

Cuando le comunicaron la noticia, Megan abrió los ojos como platos:

—¿En serio? ¿Habéis conseguido el permiso para que nos casemos aquí?

—¡Sí! Organizaremos la boda en el jardín, tal como soñabas —explicó Pam.

La idea de una *boda* en Ratford entusiasmó a todos. Pero Colette estaba alejada y no dejaba de repetir en voz baja una especie de *cantinela*.

—¡Cocó! —la llamó Violet—. ¿Se puede saber qué estás haciendo?

—Oh —respondió la chica, sobresaltada—. Estoy dividiéndolo todo en **CUATRO** categorías.

—¿Qué estás dividiendo en cuatro categorías? —quiso saber Pam, PERPLEJA.

—Los preparativos de la boda —contestó Colette—. Si queremos organizar algo fabuloso, tenemos que REPARTIRNOS las tareas ahora mismo, sin perder un segundo.

—¡Guau! —exclamó Matt, admirado ante tanta energía—. ¿Y qué es lo PRIMERO que debemos hacer?

—Lo primero es… ¡pedirles ayuda a nuestros amigos! —dijo la chica.

Dicho y hecho: las chicas del Club de Tea fueron en busca de sus amigos y convocaron una reunión en la redacción de la revista.

Cuando los alumnos y los *futuros esposos* tomaron asiento en el aula, Colette empezó:

—Para organizar la boda de Matt y Megan necesitamos AYUDA de todo el mundo. Los que deseéis colaborar, seréis bienvenidos. He dividido las tareas en cuatro categorías: ropa, recordatorios e invitaciones, música y menú.

—Elly y yo **acompañaremos** a Megan a elegir el vestido de novia —propuso Tanja.

—Ron y yo llevaremos a Matt a comprar el traje más **elegante** de la isla —anunció Craig.

Colette sonrió complacida:

—¡Perfecto! Luego están los **INVITADOS**, habrá que...

—Diseñar y enviar las invitaciones —se le adelantó Paulina—. Nicky y yo nos encargaremos de ello.

—Y por lo que respecta al **MENÚ** y la tarta... —prosiguió Colette.

—De eso me ocupo yo —dijo Pam.

—Y yo te ayudaré —propuso Shen, **TÍMIDAMENTE**.

—Gracias.

¡PODEMOS DIVIDIRNOS EN CUATRO GRUPOS!
ROPA
·ELLY
·TANJA
·CRAIG
·RON
MÚSICA
RECORDATORIOS
INVITACIONES
MENÚ

—Sólo falta un grupo… el de la MÚSICA y las luces —comentó Colette.

—Vik y yo nos encargaremos —anunció Violet.

—Ejem… —reclamó la ATENCIÓN Vanilla, que había estado contemplando la escena con aire ABURRIDO—. Como ya están asignadas todas las tareas, mis amigas y yo estamos encantadas de no hacer NADA.

Luego la chica se levantó, y con una mirada dio a entender a las Chicas Vanilla que la siguieran.

—¡Adiós! Voy a ponerme una mascarilla de belleza. Disfrutad del trabajo.

Colette puso cara de enfado, pero Pam rompió de repente el SILENCIO diciendo:

—¡Por mil motores motorizados! ¿A qué esperamos? ¡Pongámonos a trabajar de una vez!

—¡No podemos! —exclamó Colette—. Tenemos que decidir quién va a ser el *wedding planner.**

* *Es la persona que se encarga de organizar una boda.* Wedding *en inglés significa boda,* y planner, *organizador.*

—¿El *wedding*... qué? —preguntó Craig.

—El *wedding planner* —repitió Colette— es la persona que se encarga de **COORDINAR** el trabajo de todos y **ASEGURARSE** de que todo vaya bien.

—Pues yo creo que ya tenemos un *wedding planner* —intervino Megan, mirando a Colette—. Mejor dicho, **UNA** *wedding planner*. Cocó, eres perfecta para ese papel.

UNA MASCARILLA POCO RELAJANTE

Desde que Colette había dicho que podían ***EMPEZAR*** a trabajar, Ratford se había convertido en un auténtico **centro** de organización de la

boda perfecta. Todos los alumnos estaban atareadísimos y la universidad era un caos; igual podías tropezar con un VELO DE TUL en el pasillo o con una caja llena de peladillas. Sólo había un sitio donde reinaba la CALMA: la habitación de Vanilla.

De hecho, la consentida De Vissen no hacía caso del JALEO que había al otro lado de la puerta. Estaba en compañía de las Chicas Vanilla, relajándose con una MASCARILLA en la cara.

—¡Mira! —suspiró Zoe, observando por la ventana a sus compañeros que estaban decorando un cenador en el JARDÍN—. Habríamos podido echarles una mano para organizar la boda. Parece que se estén divirtiendo.

—¡Uf! —resopló Vanilla, casi sin mover los labios, porque la ARCILLA que se había aplicado en la cara empezaba a solidificarse—. Trabajar NUNCA puede ser divertido.

—¿Quiénes son ésos? —preguntó Zoe, señalando a través del cristal a dos roedores provistos de micrófono y CÁMARAS que se estaban acercando a Colette.

Alicia también miró por la ventana:

—Están entrevistando a Colette… deben ser probablemente periodistas.

—**¡¿Periodistas?!** —exclamó Vanilla, levantándose de la cama—. Dejadme ver.

—Estamos hablando de Megan y Matt... es la boda de dos CELEBRIDADES —comentó Connie—. Es normal que los periodistas estén INTERESADOS en conocer a la persona que la organiza.

Vanilla se puso ROJA de rabia al pensar que las televisiones y los periódicos hablarían de la espléndida *boda* que estaban organizando las chicas del Club de Tea.

—Ejem... Vanilla —dijo tímidamente Alicia—. A tu MASCARILLA le ocurre algo muy raro.

Vanilla se tocó la cara y notó que la arcilla se agrietaba.

—Esa mascarilla acaba con las IMPUREZAS, pero se ve que no está hecha a prueba del Club de Tea —bromeó Zoe.

Según los planes previstos

Vanilla **CAMINABA** arriba y abajo por su habitación. No paraba de **RESOPLAR**, pensando que una prestigiosa revista del corazón iba a publicar una entrevista a Colette. Luego **REFLEXIONÓ**, buscando una manera de relegar a un segundo plano al Club de Tea, hasta que se le ocurrió una **PÉRFIDA** idea.

—¡Ya lo tengo! —se dijo—. No trataré de desviar la atención de los periodistas del Club de Tea, pero, en cambio, me encargaré de que esas **presumidas** no hagan más que desastres.

Vanilla todavía **NO SABÍA** con exactitud cuáles serían sus primeros pasos, pero ya se le dibujó en la cara una **PEQUEÑA MUECA** de satisfacción.

Sin pensarlo ni un segundo más, salió de su habitación y fue al **JARDÍN**, donde los alumnos

estaban preparando las mesas para el banquete y Colette las decoraba con tul y perlitas.

—¡Colette! —exclamó Vanilla, CORRIENDO hacia la chica—. Tengo que hablar contigo.

—Dime —respondió Colette, dejando a medias uno de los bordados con PERLAS.

—Disculpa mi comportamiento durante la reunión... En realidad, no sé qué me ha pasado —dijo Vanilla, tratando de adoptar su mejor expresión de ARREPENTIMIENTO☹—. Sé que ya están asignadas todas las tareas, pero quería preguntarte si puedo echaros una mano para ORGANIZAR la boda.

Colette la miró sorprendida, exactamente como Vanilla había previsto. Y exactamente como Vanilla había previsto, respondió:

—Por supuesto. Podrías echarme una mano con la decoración de las mesas, ¿quieres?

—Me encantaría, gracias —contestó la chica. Todo había salido según sus PLANES. Era de esperar: Vanilla nunca había dudado de su talento como actriz.

¿Puedo ayudarte?
¡Pues claro!

IMPREVISTOS EN EL HORIZONTE

Colette se levantó después de haber alisado el último pliegue del *romántico* vestido de novia de Megan.

—¡Estás guapísima!

—Bueno, creo que las dos juntas hemos elegido el vestido **adecuado** —dijo la chica, sonriendo. Los días anteriores, Colette se había divertido RECORTANDO vestidos de novia de las revistas y luego se los había enseñado a Megan, para que ella *eligiera* el que mejor se adaptaba a sus gustos.

—Vanilla, ¿a ti qué te parece?

—Sí, yo también creo que es el vestido adecuado —respondió la chica DISTRAÍDAMENTE.

¡Cinco vestidos de ensueño!

Las cinco chicas estaban en la habitación de Colette, para no correr el RIESGO de que el futuro marido viera el vestido antes de la boda, lo cual estropearía la SORPRESA.

Provistas de cintas, alfileres y un metro de modista, estaban decidiendo los últimos arreglos necesarios para el traje.

—Quizá habría que ACORTARLO un par de centímetros, ¿no? —sugirió Vanilla, observando el vestido.

Colette, Paulina, Elly y Megan miraron el dobladillo del vestido.

—Yo lo veo PERFECTO —respondió Colette.

—Como queráis, pero es una pena que no se vean esos zapatos tan espléndidos —insistió Vanilla, convencida.

Megan levantó un poco el pie, para mostrar un par de elegantes zapatos con un lazo.

¿Qué os parece?
¡Hay que acortarlo!
¡¿Qué?!

—**Confiad en mí** —concluyó Vanilla—. Lo llevaré a la tienda y le pediré a la modista que lo arregle.

¡TOC, TOC!

De pronto, alguien llamó a la puerta de la habitación.

Para que nadie **VIERA** el vestido de Megan, Colette corrió fuera, donde se encontró con Craig y Ron.

Los dos chicos tenían una expresión que **NO AUGURABA** nada bueno. Y así era…

—Colette… —dijo Ron, PREOCUPADO—, tenemos un problema.

—¿Qué pasa? —dijo ella, abriendo mucho los ojos.

En ese instante, de la habitación de Craig salió Matt. Llevaba un frac* espléndido y muy ele-

** El frac es un traje masculino muy elegante. La chaqueta, en general oscura, tiene un solo botón, es corta por delante y con dos faldones por detrás que llegan hasta la altura de las pantorrillas.*

gante, pero era… ¡DE COLOR ROSA!

—No sabemos qué ha PASADO —añadió Ron, desconsolado—. El dueño de la tienda dice que ALGUIEN los llamó para pedirles que cambiaran el color del traje. Pero ¡ninguno de nosotros ha llamado!

Luego, Pam y Shen CORRIERON a reunirse con ellos, al igual que Tanja, Elly y Vanilla.

—¡Colette! —exclamó Pam, agitada y sin aliento—. ¡Tenemos un problema!

—¡Oh, no! ¿Otro? —dijo Colette, aterrorizada.

—El restaurante no puede preparar el bufet para el banquete —informó Pam—. El propietario ya tenía otro encargo…

—Alguien se puso en CONTACTO con él poco antes de que lo hiciéramos nosotros —continuó Shen.

Entonces Colette miró a sus amigos con expresión desolada:

—Todo está saliendo mal…

—¡Ánimo, Colette! —exclamó Pam—. Ahora nos organizaremos y encontraremos la forma de resolver estos pequeños obstáculos.

—Pam tiene razón —intervino Elly—. Ya verás, de ahora en adelante todo irá viento en popa.

—Yo no estaría tan SEGURA... —se le escapó a Vanilla.

—¿Qué has dicho? —inquirió Pam con desconfianza.

—Ejem... ¿yo? —titubeó Vanilla, AZORADA—. He dicho que... lo conseguiremos.

Un extraño malentendido

Con un poco de paciencia y gracias a la ayuda de sus amigos, Colette logró resolver los pequeños imprevistos que habían ido surgiendo.

Pero, desgraciadamente, los días siguientes las cosas no mejoraron. Es más, **inexplicablemente**, todo salía mal.

Paulina y Nicky mandaron las invitaciones con el día equivocado; los músicos que Violet y Vik contrataron no eran un cuarteto de cuerda, sino un GRUPO DE ROCK...

—No sé qué más puede salir mal —estalló entonces Colette, dejándose caer sobre la cama y conteniendo las LÁGRIMAS—. Por mi culpa, esta boda será un DESASTRE.

—Eso no es cierto, Colette —la corrigió Pam—. Si no fuera por ti y tu capacidad de ORGANIZACIÓN, a estas alturas ni siquiera habría boda.

—Es verdad —asintió Violet—. Nadie habría sido capaz de hacer todo esto en tan POCO tiempo.

Colette se levantó de la cama:

—Gracias, chicas. Ya sé que es una tontería, pero tengo la impresión de que alguien se dedica a boicotear todo lo que hago.

Pam suspiró, pensativa. Ella había tenido la misma DESAGRADABLE sensación.

—Si surgen más imprevistos… —dijo Colette.

—Los resolveremos juntas —la interrumpió Nicky—. ¡No puedes RENDIRTE, Cocó!

Colette esbozó una débil sonrisa. No se sentía a la altura de la tarea, pero, gracias a sus amigas, se convenció de que, en efecto, aún no había llegado el momento de rendirse.

Sin embargo, cuando al día siguiente las chicas fueron a recoger el vestido de novia de *Megan*, la serenidad de Colette se desvaneció.

—¿Qué… qué…? —farfulló—. ¿Qué le ha pasado al vestido? ¿Por qué es tan corto?

¿QUÉ?

La modista que se había ocupado de los arreglos miró a Colette PERPLEJA:

—¿No está bien? Lo he acortado veinte centímetros, como me pidió Vanilla…

—¿¿VEINTE CENTÍMETROS?!

—exclamó Violet—. Es imposible, ha sido un malentendido.

Pam NEGÓ con la cabeza, con expresión escéptica. No tenía pruebas para demostrarlo, pero la experiencia le ENSEÑABA que, cuando Vanilla estaba de por medio, los malentendidos involuntarios no eran más que un plan ideado con premeditación.

Las chicas del Club de Tea recogieron el VESTIDO y volvieron a la universidad. Colette no abrió la boca en todo el trayecto. Una vez llegaron a Ratford, dijo lo que pensaba:

—No puedo seguir encargándome de la *boda*. A este paso voy a estropear el día más bonito de

Megan y Matt. Lo tengo decidido: dejo mi papel de *wedding planner*.

Sin darles tiempo a sus amigas a decir nada, Colette se alejó a toda prisa. Megan estaba en el jardín con Vanilla. Las dos hojeaban una REVISTA buscando un peinado para la boda.

—*Megan*, tengo que hablar contigo —dijo Colette, muy decidida—. No puedo continuar con los **PREPARATIVOS** de tu boda. He decidido que dejo mi trabajo de *wedding planner*.

—¿Por qué? —preguntó Megan, incrédula—. ¡Si lo haces muy bien!

—No es cierto —replicó Colette—. No hago más que un desastre tras otro.

En ese momento llegó Vik corriendo:

—¡Colette! Hemos encontrado un nuevo grupo de música. ¿Vienes a escucharlos, a ver si te gustan?

—Lo siento, pero ella ya no es la *wedding planner* de esta boda —intervino Vanilla, antes de que Colette pudiera cambiar de IDEA. Luego, dirigiéndose a Megan, añadió—: Si quieres, puedo encargarme yo. ¿Qué te parece?

Un plan perfecto

Cuando Vanilla entró en la habitación, Connie se fijó enseguida en la SONRISA radiante de su amiga:

—¿Por qué estás tan contenta? —le preguntó.

Vanilla **CERRÓ** la puerta:

—Tienes delante a la nueva *wedding planner* de esta boda.

—¿CÓMO LO HAS LOGRADO? —quiso saber Connie.

—Eso da igual —respondió Vanilla. Luego cogió el **móvil** y marcó un número de teléfono—. Ahora sólo tengo que encontrar a alguien que trabaje por mí.

—RESPONDE EL CONTESTADOR AUTOMÁTICO DE VISSIA DE VISSEN —respondió al otro lado del hilo, una voz grabada—. DEJE SU MENSAJE Y TAL VEZ LE DEVOLVAMOS LA LLAMADA. SI ES LA SEÑORITA VANILLA, DIGA QUÉ DESEA Y SU MADRE SE LO PROPORCIONARÁ DE INMEDIATO.

—Sí, mami, soy yo —dijo Vanilla—. Tengo que organizar una boda y necesito urgentemente un *WEDDING PLANNER*.

Aquella tarde, desembarcó en la Isla de las Ballenas Paul, un famosísimo organizador de bodas. Tal como habían quedado, el roedor llegó a Ratford tratando de pasar desapercibido.

El objetivo de Vanilla era LLEVARSE todo el mérito por haber organizado una boda fantástica y no tenía intención de decirle a nadie que le había pedido ayuda a un *wedding planner*. Pero, durante los días siguientes, la chica descubrió que fingir que

ella era la VERDADERA *wedding planner* no era tan sencillo...

—¡Vanilla! —la LLAMÓ Paulina, acelerando el paso. Vanilla hizo como que no la oía, pero antes de que pudiera abrir la puerta de la habitación de Zoe y Alicia, Paulina la ALCANZÓ:

—¿Has pensado cómo resolver el problema del vestido DEMASIADO CORTO?

—Ejem… sí… claro que lo he pensado y… y… —respondió Vanilla.

—¿Y qué? —insistió Paulina.

—Pues… —titubeó Vanilla—. Le he dejado mis NOTAS a Alicia. Voy a buscarlas.

La chica entró en la habitación, cogió el móvil y marcó el número de Paul, que había ido a buscar los MANTELES que iban a sustituir los que había cosido Colette.

Cuando, a los pocos minutos, Vanilla salió de la habitación, *finalmente*, tenía una respuesta para Paulina:

—He encargado uno idéntico. Iré a recogerlo por la mañana. ¡Otro PROBLEMA resuelto!

Luego la chica trató de esbozar una gran SONRISA y volvió a la habitación de Zoe y Alicia.

—¡No aguanto más esta boda! —soltó, en cuanto se vio **LIBRE** de miradas indiscretas.

—Ya falta muy poco —contestó Alicia—. Sólo tienes que fingir un día más que eres la *wedding planner* de esta *boda*.

Para recuperar el buen humor, Vanilla se acercó a la ventana y miró fuera.

Desde que Paul se encargaba de la decoración del banquete, el JARDÍN se había transformado por completo.

Había sustituido las elegantes rosas de papel por **enormes** orquídeas doradas y, en lugar de los manteles de tul con perlas cosidas, ahora había otros de lujosa seda dorada. Las

REVISTAS hablarían durante semanas de aquella boda principesca.

Vanilla no pudo evitar una ***MUECA*** maliciosa: estaba a muy pocos pasos del éxito, y nada ni nadie podría **IMPEDIRLE** llegar a su meta.

Su plan era perfecto… o casi.

DESPUÉS DE LA TORMENTA

Una fuerte TORMENTA cayó en Ratford aquella noche y desbarató los planes de Vanilla. Durante horas, la universidad sufrió un VIENTO impetuoso y una lluvia incesante.

Al amanecer el tiempo mejoró y, cuando los alumnos abrieron los ojos, un sol CÁLIDO y LUMINOSO les dio los buenos días.

Pero aquella noche tormentosa no había pasado sin dejar rastro, y todos se dieron cuenta de ello al llegar al JARDÍN...

—La lluvia lo ha DESTROZADO todo —dijo Nicky, recogiendo del suelo un mantel sucio y roto.

¡LA LLUVIA LO HA DESTROZADO TODO!

El JARDÍN de la universidad, totalmente cubierto de ramas secas, hojas caídas y charcos llenos de BARRO, estaba irreconocible. Y todos los adornos y la decoración habían quedado destruidos.

—¡QUÉ DESASTRE! La boda se va a pique —exclamó Megan, dejándose caer en un banco.

Las chicas del Club de Tea se ACERCARON a ella e intentaron levantarle la moral.

—No te preocupes —la tranquilizó Colette—. Vanilla es una excelente *WEDDING PLANNER*, seguro que encuentra una solución.

—Por cierto, ¿dónde está Vanilla? —inquirió Pam, perpleja.

Como respuesta a la pregunta, llegó Vanilla, SEGUIDA de las Chicas Vanilla.

—Pero, ¿qué ha sucedido aquí? —preguntó, mirando a su alrededor con los OJOS como platos.

—Ha sido la TORMENTA de esta noche —contestó Nicky—. ¿Y ahora qué hacemos?

Vanilla RESOPLÓ:

—¡¿Y yo qué sé?!

—Bueno... —respondió Paulina—, tú eres la *wedding planner*, o sea que ahora te toca decirnos cómo solucionar el problema.

—Ya, ejem... claro... —asintió Vanilla, algo COHIBIDA—. Pues... es muy sencillo... hagamos... hagamos...

Perdón, voy un **segundo** a mi habitación a comprobar una cosa...

Vanilla se alejó a toda prisa y no se dio cuenta de que metía sus delicados pies en un **CHARCO**.

UNA PETICIÓN DE AYUDA

—¿CÓMO? —gritó por teléfono Vanilla—. ¿QUÉ SIGNIFICA QUE NO HAY SOLUCIÓN?

Al volver a la habitación con sus amigas, Vanilla llamó por teléfono a Paul, que había ido a la **TIENDA** a recoger el vestido de Megan.

Informado de los estropicios provocados por la **TORMENTA**, el verdadero *wedding planner* no tuvo ninguna duda de que al día siguiente no iba a poder **CELEBRARSE** ninguna boda.

—¡VEN AQUÍ AHORA MISMO A RESOLVER EL PROBLEMA! ¿ESTÁ CLARO? —continuó Vanilla—. PAUL, ¿SIGUES AHÍ?

Pero no le llegó ninguna respuesta a través del teléfono.

—Se habrá cortado —sugirió Alicia.

—O puede que Paul haya **COLGADO** —dijo Connie—. Chillabas tanto que yo habría hecho lo mismo.

Vanilla le lanzó una mirada rabiosa a Connie y empezó a andar NERVIOSAMENTE arriba y abajo:

—¿Y ahora qué hago? —preguntó CONTRARIADA—. ¡En vez de quedaros ahí plantadas, ayudadme!

—¡Ya lo tengo! —exclamó Alicia—. Puedes hacer que Megan y MATT se peleen, y ya no quieran casarse.

—También puedes llamar a tu madre y pedirle que contrate a otro *wedding planner* —propuso Connie.

—Pues yo creo que... —dijo Zoe con un hilo de voz— la única SOLUCIÓN posible es pedirle ayuda a Colette.

Vanilla detestaba reconocerlo, pero Zoe tenía razón: si no pedía ayuda, la boda no se celebraría y todos los periodistas le atribuirían el FRACASO a ella. Vanilla volvió al jardín e hizo algo que nunca habría imaginado en TODA su vida: pedirles a las chicas del Club de Tea que la ayudaran.

—Hasta ahora te las has arreglado perfectamente —dijo Colette, sorprendida por la petición—, mucho mejor que yo. Estabas organizando una boda preciosa, en cambio yo iba de desastre en DESASTRE y la cosa habría terminado mal.

—Sí, pero ya no ocurrirán más DESASTRES —contestó Vanilla.

Pero entonces Paulina la miró con cierta DESCONFIANZA:

—¿Ah, no? ¿Y tú cómo lo sabes?

—Ejem... porque Colette es una *WEDDING PLANNER* buenísima —respondió la chica, tratando de ocultar su nerviosismo.

A Paulina le habría gustado hacerle más preguntas y también averiguar qué se OCULTABA tras la extraña actitud de Vanilla, pero entonces se fijó en Colette, que permanecía en silencio, con los OJOS bajos.

Pam, con su entusiasmo habitual, les devolvió la sonrisa a todas:

—Megan y Matt van a *casarse* mañana. Propongo que todos juntos busquemos la forma de organizar esta boda.

—Si puedo decir algo... —intervino Megan, dirigiéndose a Colette—. Me gustaba **MUCHO** cómo estabas organizando nuestra boda y estaría encantada de que volvieras a ser nuestra *wedding planner*.

La expresión sombría del rostro de Colette cambió, dejando paso a una SONRISA radiante. No podía permitir que Megan y Matt renunciaran a casarse.

La chica miró el cielo sereno y exclamó:

—¡Tengo una idea!

Un lugar encantador

Cuando Colette le contó la idea que se le había ocurrido, Megan dio un salto de alegría:

—¡Sería genial! —exclamó entusiasmada.

—Es verdad —asintió Pam—. Has tenido una idea superratónica, Cocó.

—Así nuestra boda todavía será más *romántica* —comentó Matt radiante.

A Colette le había bastado con mirar el **CIELO** azul para encontrar una solución.

Con el agua que había caído durante la noche, el jardín estaba INUTILIZABLE para el banquete; de modo que había que encontrar un sitio igual de SUGESTIVO. Al alzar la mirada, Colette había visto la Torre del Sur de la universidad y había decidido que la terraza de lo alto de la torre sería un lugar perfecto para la *boda*.

—Y ahora todos a trabajar —dijo Colette, recuperando la seguridad que tenía al comienzo de la AVENTURA—, si no, no nos dará tiempo a prepararlo todo para mañana.

—Chicos, nosotros nos encargaremos de subir a la torre las mesas y las sillas —exclamó Craig.

—¡Perfecto! —asintió Colette—. Paulina, Pam, Tanja, Elly y yo las decoraremos con los manteles de tul que cosí.

—Nicky y yo —continuó Violet— nos ocuparemos de las LUCES.

—Ejem… —reclamó la atención Vanilla—. En vista que no hay nada más que hacer, nosotras irem…

—¡No, Vanilla! Esta vez tus amigas y tú tenéis que **ECHAR UNA MANO** —la interrumpió Colette—. Vuestra tarea será ir a recoger el vestido de Megan.

Todos se pusieron a trabajar **ENSEGUIDA**, llenos de entusiasmo.

Después de unas horas de intenso trabajo, la terraza de la Torre del Sur de la universidad se había transformado en un lugar mágico.

¡JE, JE!

¡LO HEMOS CONSEGUIDO!
¿OS GUSTA?
…S MARAVILLOSO!

—Casi no puedo creerlo —susurró Megan, mirando a su **alrededor**—. Es un sitio fantástico. Chicas, habéis hecho un trabajo excelente.

—Sí, todos nos hemos esforzado —asintió Pam. Después, **GUIÑÁNDOLE** un ojo a Colette, añadió—: Y lo más importante… tenemos una *wedding planner* fantástica.

ALGO NUEVO...

Pam se levantó de la cama, **FROTÁNDO-SE** los ojos.

—¿Estás despierta, Cocó?

El sol acababa de **SALIR** y Colette ya estaba en pie con sus cremas y sus tarros.

—Estoy preparando una MASCARILLA hidratante para Megan —le explicó su amiga, sin dejar de mezclar—. Seguro que esta NOCHE no ha dormido por los nervios, y la novia no puede tener los ojos CANSADOS el día de su boda.

—No es la ÚNICA que no ha dormido por culpa de los nervios —le dijo Pam, guiñándole un ojo.

—Tienes razón —reconoció Colette, sonrojándose—. Yo también he estado despierta, pensando en los últimos detalles.

En ese momento, alguien llamó a la puerta.

¡TOC, TOC! ¡TOC, TOC!

Eran Paulina, Nicky y Violet.

—Os traemos a una novia muy nerviosa —bromeó Nicky.

—Mientras veníamos hacia aquí —explicó Paulina—, nos hemos encontrado a Megan en el pasillo, CAMINANDO arriba y abajo.

—Así que le hemos dicho que viniera con nosotras —continuó Violet—. Podemos **arreglarnos** aquí todas juntas, ¿no?

—¡Excelente idea! —exclamó Colette, levantándose y **buscando** algo en el armario de su habitación—. Voy a coger todo lo que necesitamos.

Al cabo de un instante, volvió cargada con rulos, **PASADORES** para el pelo, cepillos y un joyero. En pocos minutos, el cuarto se había transformado en un auténtico **salón de belleza**.

—Megan, ¿estás segura de que lo tienes todo? —preguntó Colette, mientras le ponía a la chica su collar de **PERLAS**.

¡TE QUEDA GENIAL!

—Sí —asintió Megan muy satisfecha—. Algo prestado, pero...

—¿De qué estáis hablando? —quiso saber Pam, perpleja.

—Según la tradición —explicó Colette—, el día de su boda, la novia debe llevar algo prestado, algo azul, algo viejo y algo nuevo.

—Colette me ha prestado el collar que llevo —dijo Megan—. En mi vestido de novia he prendido un broche de zafiros que era de mi abuela, y así tengo algo viejo y azul.

—¿Me estás diciendo que te falta algo nuevo? —preguntó Colette, inquieta.

—No, no te preocupes —la tranquilizó Megan—. También he pensado en ello.

La chica salió a toda prisa de la habitación y volvió con cinco espléndidos vestidos de color lila.

—Son para vosotras —dijo, tendiéndoles los vestidos a las chicas.

—¡Son maravillosos! —exclamó Nicky, que casi no podía creer lo que veía.

—¡Son vestidos de dama de honor! —añadió Colette.

—Exacto —asintió Megan—. He elegido como damas de honor a mis cinco nuevas amigas.

Un final feliz distinto al habitual

Aquel día en Ratford se respiraba un clima mágico: el cielo azul resplandecía, una música armoniosa y romántica se difundía por el aire y las luces que adornaban la Torre del Sur eran como pequeñas estrellas.

Al llegar a la terraza, todos los alumnos sintieron con fuerza los latidos de su CORAZÓN, acelerados por la emoción.

—Megan está a punto de llegar —susurró Violet, colocándose junto a las otras damas de honor.

—Estoy muy emocionada —dijo Colette.

—Yo también —declaró Pam, y suspiró mientras observaba a los invitados.

¡Matt!
¡Meg!
¡Qué emoción!

La CEREMONIA empezó. Megan y Matt pronunciaron el esperado «Sí», rodeados de viejos y nuevos amigos.

Algunos alumnos prorrumpieron en aplausos, a otros se les escapó una LÁGRIMA. Pero al final de la ceremonia todos estaban de acuerdo: había llegado el momento de celebrarlo y salir a bailar.

—¡Chicas! —exclamó Megan desde el centro de la terraza, DANDO la espalda a sus invitados—. ¿Estáis listas? Voy a lanzar el RAMO.

Todas las chicas se prepararon, pero el ramo que lanzó Megan siguió una trayectoria inesperada y cayó en manos de una persona que no parecía nada INTERESADA en tenerlo.

—¡Madame Ratinsky! —sonrió Nicky, dirigiéndose a la profesora que estaba mirando el ramo que le había CAÍDO encima—. ¿Sabe qué significa? ¡Que usted será la próxima en *casarse*!

—Oh… —murmuró Madame Ratinsky, mirando al rector, sentado a su lado, y SONROJÁNDOSE azorada—. Qué tontería…

—Chicas —susurró Paulina a su amigas—, sospecho que entre Madame Ratinsky y el rector…

—…hay algo —concluyó Pam.

El profesor Show interrumpió a las chicas para preguntarles:

—¿Ahora comprendéis por qué a la gente le gustan las películas de amor, aunque ya sepan que habrá un final feliz?

Colette miró a Megan y MATT, que bailaban tiernamente abrazados, y respondió sin dudar:

—Sí… Aunque siempre terminen igual, las películas de amor nunca son iguales, porque… cada historia de amor es única.

¡QUÉ ATARDECER TAN ROMÁNTICO!

Índice

Este libro no se puede vender sin
este comprobante.

PRUEBA DE COMPRA

TEA STILTON
VIDA EN RATFORD-20
«UNA BODA
DE ENSUEÑO»

VIDA EN RATFORD
TÍTULOS PUBLICADOS

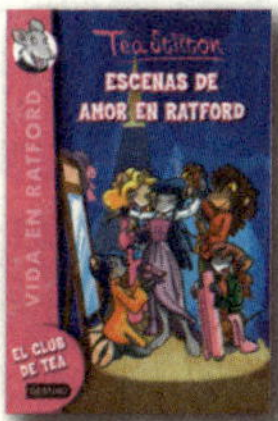

❑ 1. Escenas de amor en Ratford

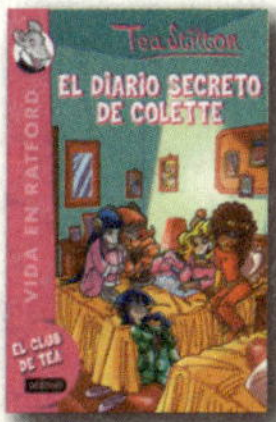

❑ 2. El diario secreto de Colette

❑ 3. El Club de Tea en peligro

❑ 4. Reto a paso de danza

❑ 5. El proyecto supersecreto

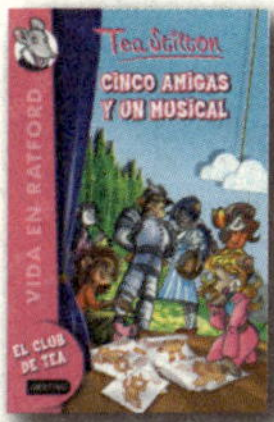

❑ 6. Cinco amigas y un musical

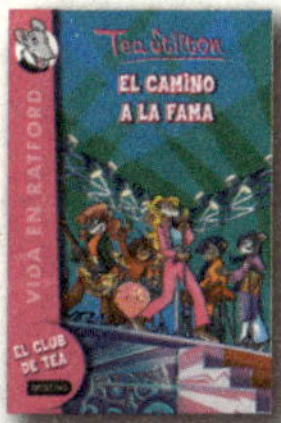

❑ 7. El camino a la fama

❑ 8. ¿Quién se esconde en Ratford?

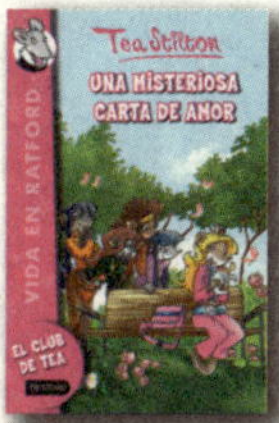

❑ 9. Una misteriosa carta de amor

❑ 10. El sueño sobre hielo de Colette

❑ 11. Un, dos, tres... ¡se rueda en Ratford!

❑ 12. Top model por un día

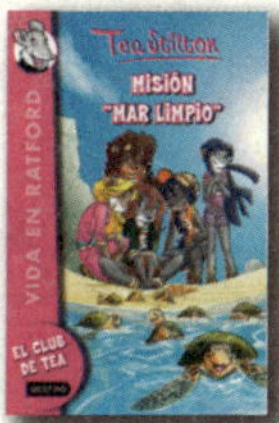

❑ 13. Misión mar limpio

❑ 14. El club de las poetisas

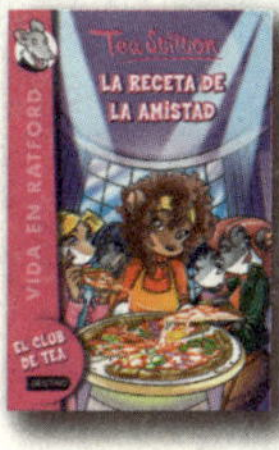

❑ 15. La receta de la amistad

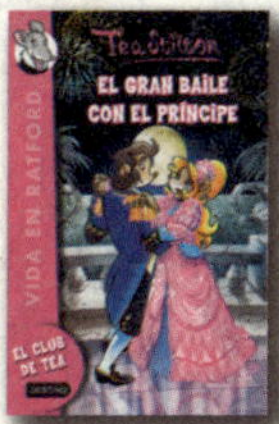

❑ 16. El gran baile con el príncipe

❑ 17. El fantasma del Castillo del Halcón

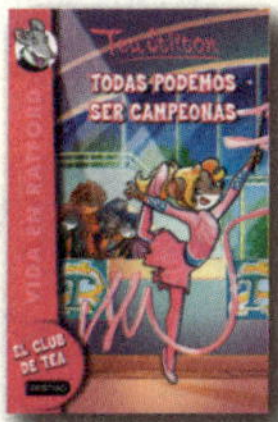

❑ 18. Todas podemos ser campeonas

❑ 19. Más que amigas... ¡hermanas!

❑ 20. Una boda de ensueño

ISLA
DE LAS BALLENAS
N
S
1
2
3
4
5
6
7
8
9
10
11
12
13
14
15
16
17
18
19
20
21
22
23
24
25

La Isla de las Ballenas

1. Pico del Halcón
2. Observatorio Astronómico
3. Monte Despeñadero
4. Instalaciones fotovoltaicas para la energía solar
5. Llanura del Chivo
6. Punta de los Vientos
7. Playa de las Tortugas
8. Playa Playera
9. Universidad de Ratford
10. Río Lapa
11. Antigua Quesería: fonda y sede de la empresa Ratonáutica, Transportes Marítimos
12. Puerto
13. Casa de los Calamar
14. Zanzibazar
15. Bahía de las Mariposas
16. Punta del Mejillón
17. Arrecife del Faro
18. Arrecifes del Cormorán
19. Bosque de los Ruiseñores
20. Villa Marea: Laboratorio de Biología Marina
21. Bosque de los Halcones
22. Gruta del Viento
23. Gruta de la Foca
24. Islote de las Gaviotas
25. Playa de los Burritos

UNIVERSIDAD
DE RATFORD
1
2
3
4
5
6

9
7
8
10
11
12
1. Campos de juego
2. Habitaciones de los profesores
3. Club de los Lagartos
4. Jardín
5. Torre del Sur
6. Club de las Lagartijas
7. Despacho del Rector
8. Jardín de Hierbas Aromáticas
9. Torre del Norte
10. Comedor
11. Aula Magna
12. Escalinata de los Mapas

¡AMIGAS POR CORRESPONDENCIA!

¿QUIERES ESCRIBIR AL CLUB DE TEA?

¿Quieres escribirles a Pamela, Paulina, Nicky, Violet y Colette?

Entra en el apartado del Club de Tea en:
www.clubgeronimostilton.es

¡HASTA PRONTO!

CLUB DE TEA